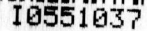

LEMERCIER DE NEUVILLE

LE

GÉNÉRAL PRUNEAU

(DE TOURS)

COMÉDIE EN UN ACTE

AVEC LA MISE EN SCÈNE

PRIX : **1** FRANC

PARIS

LIBRAIRIE THÉATRALE

14, RUE DE GRAMMONT, 14

1887

LE

GÉNÉRAL PRUNEAU

(DE TOURS)

COMÉDIE EN UN ACTE

A LA MÊME LIBRAIRIE

DU MÊME AUTEUR

Vient de paraître :

COMÉDIES DE JEUNES FILLES, 1 vol. in-18.　　3 fr.

LES AVOCATS, comédie pour la jeunesse.　　1 fr.

LE PATÉ, comédie pour la jeunesse.　　1 fr.

LE PETIT RAMONEUR, récit en vers.　　» 50

TOUT-PARIS, revue par les Pupazzi　　» 60

LEMERCIER DE NEUVILLE

LE
GÉNÉRAL PRUNEAU
(DE TOURS)

COMÉDIE EN UN ACTE

AVEC LA MISE EN SCÈNE

PRIX : 1 FRANC

SPECIE.SATIRICA.DOCENS

PARIS
LIBRAIRIE THÉATRALE
30, RUE DE GRAMMONT, 30

PERSONNAGES

MONSIEUR BALDEZINC, 50 ans.
MADAME BALDEZINC, 35 ans.
BRUNO, cuisinier, 40 ans.

LE
GÉNÉRAL PRUNEAU
(DE TOURS)

Un salon.

SCÈNE PREMIÈRE

MONSIEUR BALDEZINC, MADAME BALDEZINC.

MONSIEUR BALDEZINC.

A coup sûr, ma chère amie, c'est un grand honneur pour nous. Tout le monde ne peut pas recevoir chez soi un général! Les uns... parce qu'ils pourraient bien n'être pas reçus chez lui, les autres parce qu'ils ne le connaissent pas!

MADAME BALDEZINC.

Un général! J'en suis tout émue! C'est un général en chef?

MONSIEUR BALDEZINC.

En chef! En chef! Je crois bien! Tout ce qu'il y a de plus chef!

MADAME BALDEZINC.

Mais enfin, dis-moi, où l'as-tu connu? Tu n'es pas un homme de guerre que je sache.

MONSIEUR BALDEZINC.

Non! Très étrange, cette rencontre! Je croyais te l'avoir déjà racontée... Je l'ai connu en allant au café.

MADAME BALDEZINC.

Dans un café!... Comment! Les généraux en chef vont au café?

MONSIEUR BALDEZINC.

Voyons! Mets-toi à leur place, où veux-tu qu'ils aillent? Un homme ne peut pas toujours être à la tête de son armée, c'est fatigant! Puis enfin, à te dire le vrai, je ne l'ai pas connu au café, mais c'est parce que je suis allé au café que je l'ai connu.

MADAME BALDEZINC.

Très bien! Je comprends. Mais comment as-tu fait sa connaissance?

MONSIEUR BALDEZINC.

D'une façon bien simple. Ecoute donc. Lorsque tu as été voir ta tante, tu m'as laissé seul, à la maison, en garçon; c'est alors que j'ai pris mes repas au café des officiers.

MADAME BALDEZINC.

Je sais cela; après?

MONSIEUR BALDEZINC.

Après?... Un matin à déjeuner, j'appelle le garçon. Il m'avait donné un morceau de plâtre qu'il appelait du Brie. Qu'est-ce que cela, lui dis-je?... — Du fro-

mage, monsieur!... — C'est infect! Ce n'est pas man-
geable! Donnez-moi autre chose. — Que voulez-vous,
monsieur? Des mendiants, des pommes, des amandes,
des pruneaux? — Oui, des pruneaux!... — Bien, monsieur! — Des pruneaux de Tours! Des Pru... neaux...
de... Tours! — Alors, j'entendis à la table voisine des
chuchotements, il y eut comme une discussion, mais
je ne m'en inquiétai guère; c'étaient des officiers qui
discutaient sans doute, sur la théorie. Au moment même
où l'on m'apportait mon plat de pruneaux, deux officiers, officiers supérieurs, s'il vous plaît! se levèrent,
s'approchèrent de moi et me dirent avec la plus exquise
politesse : — Monsieur! nous désirerions vous dire deux
mots. — Je me levai en les priant de s'asseoir et je
leur dis : — Messieurs, qu'y a-t-il pour votre service?
— Je suis, me dit l'un, le colonel Ratisseur! Et moi,
me dit l'autre, le major Lassauce; je saluai! — Monsieur, dit le colonel Ratisseur, nous venons vous trouver au nom du régiment, vous venez d'insulter notre
général! — Moi, messieurs? — Parfaitement! [reprit
le major Lassauce! — Je ne comprends pas! — C'est
inutile! — Mais cependant? — En tout cas, vous ne
mangerez pas votre dessert, reprit le colonel Ratisseur.
— Et pourquoi donc? — Parce que nous n'aimons pas
les plaisanteries et que si vous voulez continuer votre
repas, vous allez adresser tout de suite des excuses à
notre général : Le général Pruneau, de Tours!

MADAME BALDEZINC.

Comment! Le général...

MONSIEUR BALDEZINC.

Le général s'appelait Pruneau, de Tours, comme le
dessert que j'avais commandé. J'ai horreur des dis-
cussions, moi, j'aime la paix avant tout, je ne suis pas
militaire. Je dis à ces messieurs: Mon Dieu, messieurs,
il y a un malentendu : si j'ai demandé des pruneaux,
c'est parce que j'en avais besoin, et si j'ai tenu à ce

qu'ils fussent de Tours, c'est parce qu'ils sont supérieurs aux autres. J'ignorais, je vous assure, le nom de votre général, cependant si vous tenez à ce que je lui fasse des excuses, je suis prêt à les lui faire

MADAME BALDEZINC.

Et alors?

MONSIEUR BALDEZINC.

Et alors, voici la lettre que j'écrivis au général : « Mon cher général, vous avez de vaillants compagnons d'armes qui ne laisseront jamais ternir la gloire de votre nom. Ils me prient de vous faire des excuses, je vous en fais volontiers. Ils vous expliqueront eux-mêmes le cas en question. Toutefois, je ne résiste pas à vous dire que s'il m'est défendu par eux de goûter au pruneau de Tours, il ne m'est pas défendu de l'aimer! » Il paraît, ma chère amie, que cette lettre a réjoui le général, si bien, qu'il m'a répondu d'une façon charmante et, qu'après une correspondance assez suivie, j'ai obtenu de lui une visite dans notre villa. Il a pris jour pour ce soir et voilà toute l'histoire!

MADAME BALDEZINC.

Tu es l'homme le plus intelligent de la terre! Malheureusement nous avons un contre-temps. Notre cuisinier, qui a la tête près du bonnet, tu le sais, s'est permis hier d'être insolent avec moi et je l'ai mis à la porte.

MONSIEUR BALDEZINC.

Sapristi! Comment allons-nous faire?

MADAME BALDEZINC.

Ne crains rien! J'ai tout prévu; j'ai écrit à notre ami Bonnard de Reims, le fabricant de pâtés, qui nous envoie aujourd'hui un de ses cuisiniers les plus fameux; puis j'ai commandé le repas au traiteur et la femme de chambre nous servira. Tout est sauvé!

MONSIEUR BALDEZING.

Bravo! Tu es la femme la plus intelligente de la terre! (On sonne.) On sonne! c'est le général!

MADAME BALDEZING.

Reçois-le, pendant que je vais faire un peu de toilette.

Elle sort.

SCÈNE II

MONSIEUR BALDEZINC, BRUNO, très enrhumé du cerveau.

BRUNO.

Monsieur Baldezinc!

MONSIEUR BALDEZINC.

C'est moi! Entrez donc! Combien je suis heureux de vous voir! Je vous attendais avec une grande impatience!

BRUNO.

Vous savez, monsieur Baldezinc, j'aurais été désolé de manquer! j'avais promis! Oui, j'avais promis! Pourtant je suis bien enrhumé.

MONSIEUR BALDEZINC.

C'est vrai! Vous paraissez avoir un gros rhume de cerveau.

BRUNO.

Oui! Mais pour les ordres que j'ai à donner, on me comprend tout de même.

MONSIEUR BALDEZINC.

Parfaitement! Et ces messieurs vont bien?

BRUNO, étonné.

Très bien!

MONSIEUR BALDEZINC.

Le colonel Ratisseur?

BRUNO.

Rôtisseur! Ah! vous connaissez le rôtisseur? C'es un bon garçon! mais quand il a vu le feu, il n'es pas traitable!

MONSIEUR BALDEZINC.

Il ne faut pas s'en plaindre!

BRUNO.

Certainement! certainement! Au fond, il connaî son métier!

MONSIEUR BALDEZINC.

Sans doute! Et le major Lassauce?

BRUNO, étonné.

Vous avez été soldat?

MONSIEUR BALDEZINC

Un peu! Dans la garde nationale!

BRUNO.

Je vois ça! Vous donnez des grades à tout le monde! Eh bien, le major la Sauce va bien. Il va même très bien! Seulement la Béchamel n'est jamais réussie.

MONSIEUR BALDEZINC.

L'abbé Chamel? L'abbé Chamel? Je ne le connais pas! C'est sans doute l'aumônier du régiment. (Haut.) Mais dites-moi, général, vous n'avez besoin de rien? Voulez-vous prendre quelque chose?

BRUNO.

Merci! merci! Tout à l'heure! Je vous dirai, qu'en général, je n'ai soif qu'en voyant le feu.

MONSIEUR BALDEZINC.

Comme un vrai soldat! Vous êtes altéré de carnage!

BRUNO.

Non! altéré, simplement! Alors j'ai toujours à côté de moi une bouteille de vin. Mais je bois très peu à a fois, de peur d'accident, parce que je n'aime pas à me piquer le nez!

MONSIEUR BALDEZINC.

Je comprends! Permettez-moi de vous remercier de nouveau d'avoir bien voulu venir perdre quelques moments près de nous. Madame Baldezinc va être très heureuse de faire votre connaissance. Si j'osais vous demander la permission de la presser un peu?

BRUNO.

Faites donc, je vous en prie, vous êtes chez vous

MONSIEUR BALDEZINC, à part, en sortant.

Il est charmant, le général! Simple et sans façon comme tous les grands hommes!

SCÈNE III

BRUNO, seul.

Il est très aimable, ce monsieur Baldezinc! Un peu original, mais j'en ai vu de toutes sortes! Je crois que je serai très bien dans cette maison! (Il se promène avec importance en chantonnant.) Pum! Pum! Pum! Pum! Il y aura sans doute du monde à dîner... C'est étonnant que M. Baldezinc ne m'en ait pas parlé; mais sans doute, c'est l'affaire de madame. Elle est un peu longue à sa toilette, la bourgeoise! Ah! la voici!

SCÈNE IV

BRUNO, MADAME BALDEZINC.

MADAME BALDEZINC.

Ah! général! que c'est aimable à vous d'être venu!

BRUNO.

Elle aussi m'appelle général! C'est drôle! c'est peut-être un usage du pays.

MADAME BALDEZINC.

Et vous avez fait bon voyage?

BRUNO.

Excellent! madame, excellent! J'avais peur d'arriver en retard.

MADAME BALDEZINC.

Oh! général! nous eussions attendu!

BRUNO.

A quelle heure est le dîner?

MADAME BALDEZINC.

A huit heures!

BRUNO.

Hé! hé! nous n'avons pas trop de temps! Voyons! vous y avez songé déjà, sans doute? De quoi se compose-t-il?

MADAME BALDEZINC, à part.

Le général est gourmand! (Haut.) Eh bien, puisque vous voulez savoir le menu, voici: Nous avons d'abord un potage à la reine

BRUNO.

Très bien ! J'aurais cependant préféré une bisque.

MADAME BALDEZINC.

Oh ! si j'avais su, général ! Vous n'aimez pas le potage à la reine ?

BRUNO.

Si, madame, si ! Nous allons voir la suite. Qu'avez-vous comme entrées ?

MADAME BALDEZINC.

Nous avons deux entrées : Une entrée de poisson : Un turbot à la sauce génevoise.

BRUNO.

Il eût fallu deux sauces : La Génevoise et la Hollandaise pour choisir.

MADAME BALDEZINC.

C'est juste !

BRUNO.

Mais il est encore temps d'y songer ; et puis ?

MADAME BALDEZINC.

Et puis des filets mignons aux pointes d'asperges.

BRUNO.

Bravo ! je vois que vous vous y entendez.

MADAME BALDEZINC.

Le général est trop bon ! Nous avons ensuite pour relevé, une pièce de bœuf à l'écarlate.

BRUNO.

C'est exquis !

MADAME BALDEZINC.

Un chapon du Mans, comme rôti, puis des légumes, un parfait au café et enfin le dessert !

1.

BRUNO.

C'est suffisant! Et les vins ?

MADAME BALDEZINC.

Madère, Saint-Julien, Château-Lafitte, Côtes-du-Rhône et Champagne.

BRUNO.

Ce sera parfait !

MADAME BALDEZINC

Vous trouvez ? Allons, je suis heureuse d'avoir vos suffrages, car vous m'avez l'air de vous y connaître.

BRUNO.

Et je m'en fais honneur! madame Baldezinc! On n'a pas servi trente ans les têtes couronnées sans qu'il en reste quelque chose.

MADAME BALDEZINC.

Surtout des lauriers, général!

BRUNO.

Oh! les lauriers c'est pour les sauces

MADAME BALDEZINC.

Vous êtes modeste!

BRUNO.

Modeste! non! je connais ma valeur ! Mais je sais me tenir à ma place. J'ai donné mon nom à plusieurs compositions qui ont été fort goûtées.

MADAME BALDEZINC.

Oh! contez-moi cela, général, j'adore les confidences!

BRUNO.

Mon Dieu, madame, c'est un souvenir de garnison, du temps où j'étais dans la Mitidja, au premier chasseurs d'Afrique.

MADAME BALDEZINC.

Qu'est-ce que c'est? général, qu'est-ce que c'est?

BRUNO.

Nous appelions cela, la Turlutine d'Etat-Major. C'est une simple soupe au biscuit de campagne pulvérisé, passé dans du saindoux, mais arrosé avec du bouillon de pattes de grenouilles; assaisonnée avec du sel, du poivre, du piment, des champignons frits et des œufs de tortue sautés à la poêle.

MADAME BALDEZINC.

Quel mets bizarre, général!

BRUNO.

C'est ainsi que nous nous régalions en Afrique quand nous pouvions.

MADAME BALDEZINC.

Vous êtes un puits d'anecdotes, général! Et vous les contez avec un esprit...

BRUNO.

Oh! madame Baldezinc! Ne me faites pas rougir!.. Mais l'heure s'avance, veuillez m'indiquer où est..

MADAME BALDEZINC, vivement.

Votre chambre? Oui. C'est de ce côté. J'y ai fait porter votre valise. Je vous en prie, général, si vous voulez me faire plaisir, mettez-vous en uniforme... Les graines d'épinards, j'adore ça.

BRUNO, à part.

Les épinards? pourquoi me parle-t-elle d'épinards! (Haut.) On commence par les sardines, on finit par les épinards!

MADAME BALDEZINC.

Charmant! général! Que d'esprit! Ah! j'oubliais! N'oubliez pas vos décorations! toutes vos décorations!

BRUNO.

Soyez tranquille, madame, j'ai mon amour-propre
aussi, moi, mais je le réserve pour le dessert!

Il sort.

SCÈNE V

MADAME BALDEZINC, puis MONSIEUR BALDEZINC.

MADAME BALDEZINC.

Quel aimable homme! Ah! si tous nos généraux
étaient comme celui-là! Mais non! Ils sont vieux,
bourrus, guindés, sans compter qu'ils jurent parfois
comme des sapeurs. Et puis ce que je vais faire de ja-
louses! Recevoir un général! Un général en chef! Car
il m'a dit qu'il était chef!

MONSIEUR BALDEZINC, entrant.

Eh bien, comment le trouves-tu?

MADAME BALDEZINC.

Adorable! Il n'est pas si vieux que je l'aurais cru.

MONSIEUR BALDEZINC.

Et puis, il est sans façons, j'aime cela.

MADAME BALDEZINC.

Ce n'est pas qu'il soit distingué par exemple.

MONSIEUR BALDEZINC.

Il est distingué par son mérite, cela suffit!

MADAME BALDEZINC.

C'est vrai! je trouve seulement qu'il est un peu porté
sur sa bouche. Il s'est inquiété du menu en véritable

connaisseur. Il m'a même indiqué un plat de son invention.

MONSIEUR BALDEZINC.

C'est que nous l'avons mis de suite à son aise. J'en suis heureux ! Il est fâcheux que nous n'ayons pas eu la recette de son plat plus tôt, nous lui en aurions fait la surprise.

MADAME BALDEZINC.

Nous le réinviterons ! As-tu pensé aux vins ?

MONSIEUR BALDEZINC.

Je vais descendre à la cave.

MADAME BALDEZINC.

C'est cela ! car il ne faut rien négliger. C'est un véritable amateur !

MONSIEUR BALDEZINC.

Compte sur moi !

Il sort.

SCÈNE VI

MADAME BALDEZINC, puis BRUNO.

MADAME BALDEZINC.

Je suis sûre qu'il doit être splendide avec son bel uniforme ! Et puis sa poitrine couverte de décorations... Ça va faire un effet !... Je le mettrai à ma droite, le sous-préfet à gauche... C'est lui qui ne va pas paraître grand' chose à côté du général ! Il n'est pas encore décoré, ce jeune homme, mais ça viendra !

BRUNO, entrant vêtu en chef de cuisine.

Me voici sous l'uniforme !

MADAME BALDEZINC, étonnée.

Grand Dieu ! que vois-je ? Le général en cuisinier !

BRUNO.

En chef ! madame Baldezinc, en chef ! Vous voyez
que l'uniforme me va bien !

MADAME BALDEZINC.

En effet ! (A part.) Drôle de général. (Haut.) Mais
pourquoi ce costume ?

BRUNO.

C'est la tenue de guerre ! Avant le combat, il faut
qu'un chef puisse en imposer à son armée ! Alors que
tout le monde est au feu, il va, vient, donne des ordres, réprimande, encourage, active !... Il met aussi
la main à la pâte ! Et c'est de ma main, oui, madame
Baldezinc, de ma main, que va se confectionner le plat
de mon invention que je vous indiquais tout à l'heure :
La Turlutine d'Etat-Major !

MADAME BALDEZINC, à pa

Ah ! Je comprends le costume ! (Haut.) Mais quoi,
général, vous allez vous-même vous approcher des
fourneaux ?

BRUNO.

Moi-même, madame Baldezinc ! Vous allez voir quel
mets délicieux je vais vous faire.

MADAME BALDEZINC.

Décidément le général est un original complet !

BRUNO.

J'éprouve, vous le dirais-je, madame Baldezinc, une
certaine joie à me trouver au feu !

MADAME BALDEZINC, à pa

Je le comprends ! Ce sera une campagne à ajouter
aux autres ! Et vous tenez absolument ?...

BRUNO.

Oh ! si j'y tiens !

MADAME BALDEZINC, à part.

Laissons-le faire !

PRUNO.

Indiquez-moi où est la cuisine ?

MADAME BALDEZINC.

De ce côté !

BRUNO.

Merci ! Vous allez voir ce que peut un chef quand son amour-propre est en jeu !

Il sort.

SCÈNE VII

MADAME BALDEZINC, seule.

Et le voilà parti ! C'est singulier ! Définitivement le général est plus qu'original, il m'a l'air un peu toqué. Jamais on n'a vu un homme invité à dîner, descendre à la cuisine pour y faire un plat de son choix ! Après cela, ces militaires qui ont fait beaucoup de campagnes, ont dû souvent fabriquer leurs repas eux-mêmes ! En Afrique, par exemple, il n'y a pas de restaurants dans le désert ! C'est égal, je me faisais une tout autre idée de nos généraux ! Allons jeter un coup d'œil dans la salle à manger pour voir si rien ne manque...

Elle sort.

SCÈNE VIII

MONSIEUR BALDEZINC, rentrant avec une bouteille.

Là ! Tout est disposé ! J'avais oublié la fine champagne. Mes invités seront contents, je l'espère ! Je les ai soignés. Le général, qui est porté sur sa bouche, doit avoir une prédilection pour le bon vin et je puis me flatter d'avoir une cave des mieux montées. J'ai encore du vin de la comète ! Une seule bouteille ! Je ne l'ai pas montée, mais, ma foi, si l'on se conduit bien, je ne dis pas que je n'irai pas la chercher !

SCÈNE IX

MONSIEUR BALDEZINC, BRUNO

BRUNO, entrant en courant.

Madame Baldezinc ! Madame Baldezinc ! De la muscade ! Il me faut de la muscade ! Il n'y en a pas, à la cuisine !

MONSIEUR BALDEZINC.

Comment il n'y en a pas ?... Oh ! le général !..

BRUNO.

Oui, il faut de la muscade pour mon plat.

MONSIEUR BALDEZINC.

Comment, général ! Vous ! dans ce costume ?

BRUNO.

C'est madame Baldezinc qui l'a voulu... ?

MONSIEUR BALDEZINC.

Comment ! Madame Baldezinc a voulu... ?

BRUNO.

C'est que vous ne savez pas : j'ai inventé un plat.
Un plat exquis ! Elle vous dira cela. Sapristi ! Il ne
faut pas le manquer. Je ne puis pas quitter les fourneaux. Avez-vous de la muscade ?

MONSIEUR BALDEZINC.

Mais je n'en ai pas sur moi... Il doit y en avoir à
la cuisine.

BRUNO.

Je vais chercher encore ! Vous allez voir, monsieur
Baldezinc, quel plat je vais vous faire ! Vous allez vous
en lécher la barbe !

Il sort.

SCÈNE X

MONSIEUR BALDEZINC, seul.

C'est insensé ! Mais il est fou, le général ! Comment ?
Il vient faire la cuisine chez moi ? — Il a beau être...
ce qu'il est... C'est d'un sans-gêne ! Après ça, les militaires ont de ces manies... (On sonne.) Ah ! voici nos invités ! Sapristi ! Mais il faut que le général s'habille !..
Où a-t-il pris ce costume-là ?

SCÈNE XI

MONSIEUR BALDEZINC, MADAME BALDEZINC.

MADAME BALDEZINC.

Mon ami, vite! vite! Cours au devant du général Pruneau...

MONSIEUR BALDEZINC.

Mais il me quitte à l'instant même, il est à la cuisine.

MADAME BALDEZINC.

Quelle aventure! il y a une méprise!

MONSIEUR BALDEZINC.

Comment?

MADAME BALDEZINC.

Et c'est ta faute! Car c'est toi qui l'as reçu.

MONSIEUR BALDEZINC.

Eh bien quoi! Le général...

MADAME BALDEZINC.

Ce n'est pas le général, c'est le chef de cuisine que nous attendions. Le général Pruneau de Tours, le vrai, vient d'arriver, il est dans le grand salon.

MONSIEUR BALDEZINC.

Mais l'autre?

MADAME BALDEZINC.

L'autre ne s'appelle pas Pruneau, mais Bruno, c'est son rhume de cerveau qui nous a trompés. Allons vite, va recevoir le général.

Je disais aussi : Quel singulier militaire!

Il sort.

SCÈNE XII

MADAME BALDEZINC, puis BRUNO.

MADAME BALDEZINC.

Quelle contrariété! Je ne pourrai pas garder ce cuisinier qui pourrait cependant faire mon affaire! J'ai été trop familière avec lui. Il est certain qu'il a dû se dire : Voilà une maîtresse de maison comme je n'en ai jamais vu! Ce sera bien difficile de lui commander quoi que ce soit maintenant.

BRUNO, entrant.

Madame! Madame Baldezinc, le plat est manqué! Vous ne pourrez pas manger ma Turlutine d'Etat-major! il n'y avait pas de muscade.

MADAME BALDEZINC, gravement.

C'est bien, chef! Nous nous en passerons!

BRUNO, à part.

Elle ne m'appelle plus général!

MADAME BALDEZINC.

Descendez à la cuisine et tâchez que le reste du repas soit réussi.

BRUNO.

Bien, madame. Faut-il me mettre en habit pour le service?

MADAME BALDEZINC.

C'est inutile! Gardez votre costume, vous resterez à la cuisine.

BRUNO.

C'est bien, madame! (A part.) Oh! oh! la bourgeoise n'est pas commode quand on lui manque un plat! Voilà encore une maison où je ne resterai pas long-temps!

SCÈNE XIII

MADAME BALDEZINC, puis MONSIEUR BALDEZINC.

MADAME BALDEZINC.

Allons! Tout est rentré dans l'ordre; il n'y a plus de malentendu et je crois, du reste, que la méprise n'a été que de notre côté.

MONSIEUR BALDEZINC, entrant

Madame Baldezinc! Madame Baldezinc, le général demande à t'être présenté!

MADAME BALDEZINC, vivement.

J'accours! (A la porte du fond. — Très gracieuse. —) Gé-néral! Oh! général, combien je suis heureuse de vous recevoir...

Elle sort en faisant des manières.

Rideau.

MISE EN SCÈNE

Le décor représente un petit salon. — Nos 1 et 2. Portes latérales. — 3. Porte du fond. — 4. Table. — Fauteuils et chaises.

SCÈNE I

Les indications sont prises du public.

M. Baldezinc, type de bourgeois enrichi, une cinquantaine d'années, cause à l'avant-scène avec madame Baldezinc à gauche

Madame Baldezinc, très provinciale, enthousiaste.

A la fin de la scène, elle sort par la porte de gauche

SCÈNE II

Bruno se présente à la porte du fond au moment même où madame Baldezinc disparaît. Il est très enrhumé du cerveau, tout le temps il doit prononcer les B comme des P, les M et les V comme des B. Cette façon de parler est indispensable. Il doit faire l'important, comme un homme sûr de lui. En redescendant la scène avec M. Baldezinc qui a été au devant de lui, il prend la droite. Il tient son chapeau à la main.

— *Si j'osais vous demander la permission de la presser un peu.* — M. Baldezinc remonte la scène du côté de la porte de gauche, et après la réplique de Bruno, il dit son aparté sur le seuil de la porte de gauche par laquelle il sort.

SCÈNE III

— *Je serai très bien dans cette maison.* — Bruno regarde le salon, comme pour se rendre compte de l'aisance de ses habitants, il se promène en chantonnant. Il doit faire en sorte de se trouver à droite quand madame Baldezinc entre.

SCÈNE IV

Madame Baldezinc entre à gauche et vient avec empressement près de Bruno, elle cherche à être aimable. Sauf pendant ses ahurissements quand elle l'appelle général, Bruno prend d'autant plus d'importance qu'elle est plus gracieuse avec lui. Il discute le menu en connaisseur.

— *Veuillez m'indiquer où est...* Madame Baldezinc indique la porte latérale de droite.

Bruno sort à droite.

Pour que le quiproquo soit vraisemblable, il ne faut pas que Bruno soit trop commun, mais il ne faut pas non plus qu'il ait l'air distingué.

SCÈNE V

Madame Baldezinc est enthousiasmée. Le rôle doit être joué avec exagération, il faut que madame Baldezinc soit ridicule, mais éviter d'en faire une caricature.

M. Baldezinc rentre par la gauche et se tient à gauche. — A la fin de la scène il sort par la porte de droite.

SCÈNE VI

Bruno vêtu en cuisinier entre par la droite. Madame Baldezinc se tient à gauche.

—*Indiquez-moi où est la cuisine.* Madame Baldezinc lui indique la droite. Bruno sort par la droite.

SCÈNE VI

Madame Baldezinc dit son monologue à l'avant-scène. Elle sort pa[r] la porte du fond.

SCÈNE VIII

M. Baldezinc rentre par la droite, tenant à la main une bouteille de cognac, qu'il pose à droite sur la table.

SCÈNE IX

Bruno rentre par la droite en courant devant lui, — il va droit à gauche et ne s'arrête que lorsque M. Baldezinc lui parle. Il ne redescend pas la scène et sort, en courant par la droite.

SCÈNE X

La tirade de M. Baldezinc est dite l'avant-scène, il se détourne au coup de sonnette.

SCÈNE XI

Madame Baldezinc entre par le fond et redescend à droite.
M. Baldezinc sort par la porte du fond.

SCÈNE XII

Bruno entre piteusement par la droite, il reste un peu à distance de madame Baldezinc. Il a perdu son assurance. — Madame Baldezinc est très sèche. Bruno sort par la droite.

SCÈNE XIII

M. Baldezinc entre vivement par le fond et dit sa réplique près de la porte. Madame Baldezinc accourt près de lui, puis près de la porte elle reprend son air gracieux pour dire la dernière réplique.

COSTUMES

M. Baldezinc grisonne, favoris poivre et sel. Redingote noire.
Madame Baldezinc, costume un peu excentrique. Robe voyante en soie, petit bonnet de dentelle avec rubans voyants.

Bruno, premier costume : Pantalon noir, redingote marron blanche jusqu'en haut, cravate noire, chapeau haute forme très usé.

— Second costume : — Il met une veste blanche et une toque blanche de cuisinier.

ACCESSOIRES

Une bouteille de cognac. — Sonnette à la cantonade.

Imprimerie Générale de Châtillon-sur-Seine. — A. PICHAT.

PIÈCES POUR LA JEUNESSE

	Jeunes gens.	Jeunes filles.	Prix.	
Les Avocats.	4	»	1	»
Les Conseils de mon oncle	3	1	1	»
Chez les Martin	1	1	1	»
Un Coup de tête	»	2	1	»
Une Discrétion	»	2	1	»
La Dot d'Alice	»	2	1	»
Un Fiancé anonyme	»	5	1	»
La Grande Sœur	»	2	1	»
Le général Pruneau (de Tours)	2	1	1	»
Une Intrigue au bal	»	2	1	»
Malices perdues	1	1	1	»
Les pommes de la mère Aubry	»	3	1	»
Un premier habit	1	1	1	»
Le Pâté	3	1	1	»
Le Prix d'honneur	»	2	1	»
Les souhaits interrompus	»	4	1	»

PIÈCES POUR L'ENFANCE

	Garçons.	Filles.	Prix.	
Catiche et Gribiche	»	2	1	»
Le Corbeau et le Renard	2	»	1	»
La Cigale et la Fourmi	»	2	2	»
Les deux Moineaux	1	4	1	»
Fiancés en herbe	1	1	1	»
Une grave affaire	2	2	1	»
Petite Maman	»	4	1	»
Les petits ambitieux	1	1	1	»
Les petits révoltés	1	3	1	»
Les Révoltes de Liline	»	2	1	»
Quand nous serons grandes !	»	3	1	»
Vive le Général !	2	4	1	»

IMPRIMERIE GÉNÉRALE DE CHATILLON-SUR-SEINE. — A. PICHAT